KB276243

유 재 남 시 집

그 후로 낯선 길을 가다

유 재 남 시 집

그 후로 낯선
길을 가다

신세림

돌아올 수 없는 외 길을 고집하면서

현실은 오리무중인 채 깜깜하다

몇쌈 싸다만 내 시절의 절반은 지느러미처럼

미끄러지듯 끝나가고

헐겁게 둘러쳐진 남은 육체들은 소금에 절인 듯

무너져 내린다

이후 낯선 길을 갈 때마다

아우성치던 시간속에 내가 그 속에 있다는 것을

알았다

차례

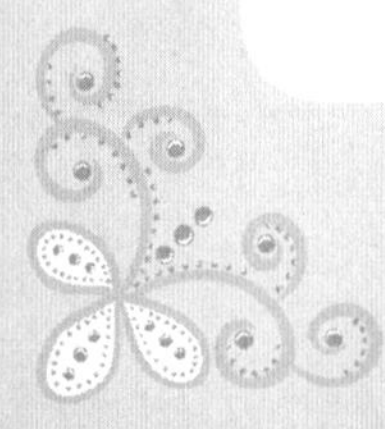

차례

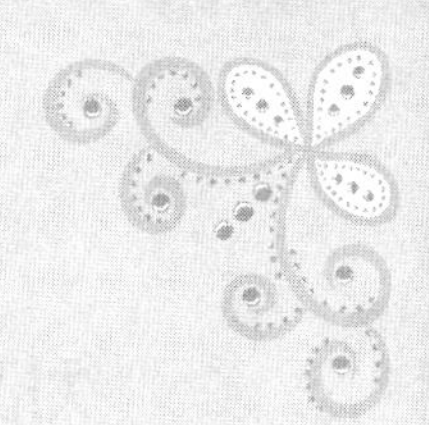

제4부　수레바퀴 안의 벌레

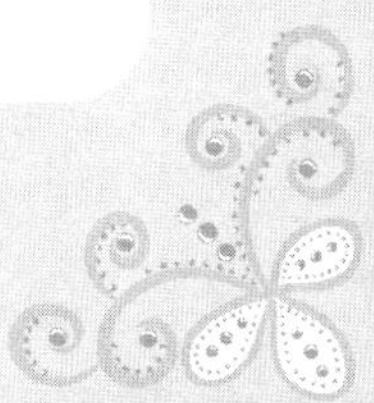

차례

1부

그 후로 낯선
길을 가다

꿈

어느 날엔가
훤히 이어왔을 모든 것들을 기억조차
못하고
눈을 떴을 때는 빛이 방안까지 밀고 들어왔다

끈적이는 이마위로
미세한 입자들이 몸 없이 움직이고
그 밖의 생각은 없다

완성되지 못한 잠재 의식에 드리워진
내 입과 이빨사이로 또 얼마나 생살을
후벼 파낼련지

달리다 넘어진 아이처럼 고함까지 지르며
속수무책으로 들끓은 몸은 붕 떠 헛소리만
해댄다.

하나의 과정

뚝뚝 떨어져 내리는

저 굉음 속에서 만나고 이별하고

또 다시 장송으로 되돌아 올 것이다

바람이 일 때마다

비벼대는 살점들이 세상속에

파고 들어 수 만의 용트림들을

묻으면서

이미 오래 전에 땅위에 사람들과

버텨온 순간부터 함께 어울려 사는 법을

배웠다

하루에도 몇 번씩 떠돌다 돌아오는 연습을 하고

또 이어진 그 머언 날들이 모든 의지와 상관없이

이루고 산다.

끝없는 낮과 밤 사이

오물을 뒤집어 쓴 들고양이들이 어둠을 틈타
식구를 늘리고 있다
가릉대는 소리 온몸의 생식기를 내민다
무거운 바람은 태엽을 당기듯 갈증을 태우며
서서히 서서히 죽어가고
불과 몇 시간 전만 해도 태양을 꽂아주었던 그 자
리에
재촉하는 발길이 안타까울 뿐이었다
결국 떠나는 사람과 애써 외면했던 생의 저편
언뜻언뜻 땅의 흔들림과 더불어 쓰러지는
형태를 따라다닌다는 사실이다
그날 밤
문명을 비집고 들어간 들고양이는 고성방가로
골목을 누빌 것이다.

고독, 그리고

진하게 묻어나는 한기가
살속을 덮친다
이런 날의 느낌
입속에 꽉차 있는 것 같다

술잔을 부딪치는 마찰음이
밤 하늘을 뚫고 지나간다
온몸에 눅눅한 기온을 기대며
파장으로 접어가는 선술집에
나 혼자 술을 마신다

적막속에 빠진
별과 달을 부어 마시고
명치끝을 훑는 뜨거운 액체가 콧등으로
흘러내린다

이렇게 소리없이 흐물거리는 살과 피
오늘도 너무 먼 길을 돌아온 것 같다.

살다보니

마음가는데로 할 수는 없는 일이다
살다보니
마음 따로 몸 따로 이끌리며 산다
살다보니
모든 것이 잘 채워진 단추처럼 몸에 붙어다닌다
살다보니
그리고
눈을 뜨나 감으나 그 뒤에 뒤에 것들이 어긋날 수
있다는 것을 살다보니 알 것같다
절반은 웃으며 절반은 울으며 산 그것이 세월인
것도 또한 알 것같다
어쩌면 그 이면의 것들부터 벗어나고 싶어했는지
그 생각을 하게된다
살아가다 보니.

그 세월 위로

세상은 원하든 원하지 않든
그 무엇이 되어 하나의 길을 만들어 낸다
내가 세상에 태어났을 때
어머니 젖가슴을 후벼파듯
그 무엇이 되어가고 있다
그리고 내 이름이 서먹서먹 한 채로
서로 몸을 섞으며 내속에 모래톱을 만들어갔다
대책없는 나와 나의 사이에
조금씩 자라고 있는 아린 허물들을 긁어 내면서
아직 툭툭 붉어지는 헤드라인 불빛의 스스로를
인내한다
살아가다보니
무뎌진 문밖에 세상이 그저 흘러가는 강물을
바라보는 것인 것을…….

그후로 낯선 길을 가다

외진 길위에 있었던 것은
세상이 밀어낸 전리품들이
비틀대는 거다

어느 곳에 누가 있었는지
우거진 생각을 들어마시며
삶에 얹혀진 순간 만큼
움푹 패인 길들과 교차하며
세월이 지나가는 거다

스쳐간 것들에 대한 눅눅함
황량히 버텨주는 낡은 시선조차
등뒤로 버려둔 채
어느날
낯선 길에서의 갇힌 몸부림들이
비명을 지르는 거다

이제 다시

지배하고 있는 그 후로의 기억들

속에서.

마지막 터널

기적의 소리들이 살아나
나 다시 거기 섰으니
곱은 손을 모아쥐던 날들이
늘 어설프기만 그 속에
세월은 흘러
모자란 생각을 끌어안고
하나의 깨달음을 반쯤 추킨
그 뒤에 움직임.

개꿈

쪼아먹히는 경계선에서
수 없이 나타난 똥개들이 육신을
관장하고 있다
몸이 뚝 떨어져 내리는 개꿈
한입 베어문 입천정에서
쓸어내리는 갈증이 모래알처럼
껄끄럽다
어쩌면 옹이를 물고산 기억들이
달팽이처럼 졸아드는 외길 인생이
뿌옇게 말라가고
잔인하리만큼 쏟아져 내리는 별빛아래
달아난 잠은 오지 않고
후벼판 몸 곳곳에 맺히는 살점을 뉘어보지만
점점 파고드는 밤들이 나를 이리저리
끌고 다닌다.

만리길 사랑

젊음을 달궜던
언덕 넘어
그윽한 보리수 향기

세월을 뛰어넘어 흐르는
산아 강아
갈 곳이 여기였구나

내 젖던 그리움이
굽이굽이 고랑타고 가꾸어온
간절한 생각

내 나이 어린 탓에
하마터면 잊고 말았을
그 소중한 삶들 속에

언제나

그대로 가득차 있다는 것이

늘 그립다.

자아를 찾아서

섬광 같은 헤드라인 불빛들이
자유로를 탄다
안개의 휘감긴 검은 메아리가
터널을 지나고
균형잃은 도시의 바람이
짓무른 눈을 부릅떠
그림자처럼 따라붙는다

아침이 오기 전
무거운 밤은 밀려가고
타인이 되어 머무르고 있는 육신들이
비운 것 다 채우고
딴 세상 같은 그 너머
그 너머 세상을 그 속에서
찾는다.

어느 시인의 고백

내 자신을 베어내지 못한 순간에도
같은 마음을 걸어두기에
오랜 시간이 걸렸다

바람이 지나가다 멈춘 자리마다
간절해지는 사랑이기에
밤 빛에 취해 너를 품었다

언제나 보이지 않게
내 시간은 말라가고
나는 네 생각에 너는 내 생각에
같은 곳에 있기를 한순간도 잊은 적 없는

그래서 어느 날 진정
들꽃처럼 엉키어 더 많이 사랑할 수 있다면
지친 삶조차 감싸안으리라 했는데.

그대의 흔적

낯선 길에 아무도 없다
허공에 떠도는 이름모를 살
언저리를 더듬는 스산한 바람이
지나가고 있다

이 길의 맞댄 그대가 옮아가고
그대 앞에서만 흐려지는 생각들을
잠시 덮는다

깊어가는 밤을 깁고나면
멀미가 나도록 아린 그리움이
더욱 소중해지고
그대가 깊어질 때마다 나는 더욱
작아져만 간다

이제는 작은 것 어느 하나도

사랑하게 되나니
그대 그리도 그리운 건 이별이 아닌
만남이기 때문일 게다.

어리석은 삶

살기에 바빠

잊은 것이다

흘러만가는 세월

거세게 흔들렸던 날들

다 비워둔 채

무성했던 모든 것이

많으면 많을수록

다시 뒤 돌아갈 수 있을 거라

생각했는데.

미취된 생각이 풀린다

회색 하늘이 젖는다

인연을 걸친 채

젖은 벤취옆 늙은 소나무가 겨울을 녹이고

있다

우뚝선 표지판에 새겨진 이름을 누군가가

읽고 또 읽는다

외부인 출입금지란 용어가 낯설다

눅눅한 발자국이 쓰러지고

바람만 들락거린 땅위에 길은

어둠이 절반인 채 껌딱지처럼 달라 붙는다

한편에선 아랑곳 하지 않고 만남과 떠남이

교차하고

마음은 미로처럼 엉킨다

빌어먹을 여기가 어디라고

푸념섞인 허기를 누르며 시간은 중심을 잃고

뒤뚱거린다.

2부

산중의 작은 빛

무거운 비람

쓴 속을 휘젓는
주변의 기온이 낮게 달려든다
늪처럼 빠져드는 생각들은
술잔위에 뚝뚝 떨어지고
어둠을 게워낸 거품들이
공허를 찌를 뿐
그것들을 파먹는 죽엄같은 침묵이
나를 밀어낸다.

낮달

이룬 것 하나 없이
비쩍 말라버린 날들은 사막이 되어가고
무지처럼 헐렁하게 뒤척인다

가끔 치른 옥고를 꺼내 볼 때면
고립된 이면의 놈들이 느닷없이 책망을
늘어놓는다

때론 낯설게 느껴지고 때론 오래된
연인처럼 다가오는 언어들이 코끝을 핥고
지나간다

또 다시 많은 날들의 하루는 해장술 한잔에
달래며 반쯤은 낯설지 않을 것이고
제대로 느끼지 못했던 목마름만 퍼낼 것이다.

여름밤 강가

목구멍을 달군

한 잔 술에 세상 그 세상위에 앉아

술보다 더 진한 묵은 얘기가 산사에 업힌 채

밤하늘을 떠돈다

굳게 다문 입 사이로

마음은 외로움을 껴안으며

내안에 모든 것들로부터 오래도록 절룩이는

밤을 씹는다

한나절 드끓던 그림자

내면을 끌고다니던 즈믄 밤에

밤새들이 숨죽이고 잠든 하늘아래

천지 사방이 어둠뿐이다.

장미 그리고 폭염

달이 찬 마당한 켠
다람쥐 한 쌍이 매일 다니던 길을
까마득이 잊은 듯하다
기인 담장위를 오르던 절망속에 입 안에 문
말이 말보다 바수어져 지붕을 덮는다

장마때 허물어진 사이사이로
매발톱 줄기가 허리 굽은 채 투신하는
주머니속에 꽂히고
폭염에 중력을 잃은 사람들은 가까스로
잠을 청하고 있다

주위에 얽히고 설킨 오물들 썩는 냄새
그나마 썩지 않는 것들은 시체처럼
이리 저리 굴러 다닌다.

산중의 작은빛

촉수 낮은 산중에
그 곳을 후벼판
초겨울빛이 분별키 어렵게
들어와 박힌다
가뭄에 쩍 갈라진 겉모습들은
서둘러 긴 잠에 들어갔고
알 듯 말 듯한 형태들이 밤새워
흔든다
비가 오나 눈이 오나 뱉고 토해내는
그들만의 자유
그 중 덧씌운 불면의 몸을 박고
낮게 엎드려 기어다니는 맨끝에서
맨끝으로
부담없이 설레이는 순결함 그대로
이다.

봄 이쪽에서

길 여는 소리
비밀의 문들이 열린다
지금쯤
덧니처럼 솟은 매화나무가지에
걸려있는 바람은 하늘을
가득 이고 있다

생각은 언제나
느낌 하나씩 흔들었다
떨어뜨리는 이데올로기
반쯤열린 햇 바람이
풀풀 날리며 코끝을
핥는다

구김없이 빚어내는
거리를 나설 때마다

산 하나를 덧칠하고

아직 덜 여문 들뜬 기분이

어깨너머 밀려오고

밀려가고.

풍경

봄과 여름 사이

쑥이 익어가는 들녘

아낙들의 광주리속은

시가 되어간다

무수히 품어대는

유년의 그림자들

숲으로 달리던 기억을 파낼 때마다

살끝이 아리다

어쩌면 나는

저 그림자를 보면서

깊게 박힌 옹이를 뜨겁게 달구워

왔는지 모른다

아-- 저기 어디쯤에서 하얗게

엎질러 놓았던 갈대밭위를 누이와 뒹굴던

그 시절

이제는 추억의 발자취만이 내려다보고

있을 뿐이다.

달마중

턱턱 차오르는
인생의 서걱거림을
헤집는 미동

장황하게 이르던
모든 날 가두고
반쯤가린 누이얼굴 묻고 가네

남기고 간 허물 다 아니어도
상처가 된 눈먼 밤

오므라드는 생각은 달속을 헤매고
낡은 기억 기워대는 달밤에.

입춘

신음을 걷어내듯 깡마른 새벽 번복되는 생각들이
뒤엉킨다
이미 앞당겨 떠났을 시린 기침 대문 밖을 들락거리
는
교태가 도둑고양이처럼 다녀간다
아직 어두워 누워있는 굶주림 초대받지 못한 음률
을
둘러맨 채 어설픈 낯가림으로 맴도는 머릿속
그 언젠가 부대껴야 할 그 무거움들이 가까이 왔슴
을 알고 있다
생각하는 내내 오래되어 사라져갔을 것들이 다 썩
고
남았을 껍질들만 손에 쥐고 절룩거리는 상처
낡은 몸을 밀어내는 살란들이 소리를 지른다.

시월의 창

잊혀가는 것들이

너무 크게 떠 있지만 않았어도

벽에 걸린 모습이 웃음이었던 것이

겹쳐져 또 하루 해가 저물어

해가 달이 되지 못하는 것처럼

산이 강이 되지 못하는 미로에서

설익은 낯가림에 상처 받고

언제나 깊은 메아리 그 속에서

긴 뿌리를 내리고

단 물을 삼켜대는

그 밖의 조급증들이 퍼지르는 신호음

관대하지 못했던 허름에 가려

몸을 비틀고 그 위를 지펴대는 산들이

타들어가는 사이

바람이 꿈을 꾸듯 출렁인다.

봄바람

바람은 늙은 나무에 걸친다
밤새 시달린 주위들이 집나간
무덤속 같다
나이 들수록 더 예민해져가는 소리를
짊어지고
몸도 마음도 따라간다.

달에 대한 기억

그대 처음 보았을 때

반쯤 가린 달들이 산위를 밟고 서

있었다

어둠을 칭칭 감았던 시간들

열두 번도 더 머금은 밤에

그대는 내게 두려움 반

근심 반이었던 외론 그림자

용케도 마른 숨을 새기며

순간 달빛에 젖다

이름없는 바람에 절룩이고

데인 하루가 지나가면

그대는 내게 아무 것도 묻지 않고

영원안에 호흡하는 소리를 들으며

기다려왔었는지

아마도 저 달속에 잠겨 비우듯 비워

둔 채로.

지는 별

그는 무더운 여름날
그렇게 가버렸으니
봇물처럼 쏟아지는 흔적을
뿌리채 뽑아버리고 말겠다는
그 말이 무슨 의미였는지
눈 밑에 붙어내려 보이지 않던
은막 세계가 비보처럼 높아지고
힘든 운명을 헤엄쳐나올 만큼은
못되었나보다

그는 가장 가깝다는
혈육은 찾지 않고
쓴 위장을 할키듯 달려드는
울음을 한섬이나 흘리는 의식이
필요했는지
지나간 것에 꽁꽁묶여 뒹굴던

침침한 생각을 더 이상 못견디었나
보다.

도시의 비람

화장기 없는 맨 얼굴로
망을 볼 필요도 없이
도시를 빠져나온 화냥기가 미친 듯이
몰려온다

어쩌면 이 세상
나만 모르고 흘러갔을 것이었는지
희생될 별은 뚝뚝 떨어져 내리고
한 번도 느끼지 못했던 몸뚱아리가
입을 벌리고 있다

누구 한 사람
허락도 받지 않고
하얗게 드러낸 거품을 게워내며
그렁 그렁한 증발의 소리는
불안하게 흔들린다.

사랑 너에게

보고 싶다

너에 대한 사랑이

입에 문 너의 이름이

힘이고 아픔이다

보고 싶다

너는 하나도 남김없이

내가 되어갔고

나는 매일 너의 길목을 지켰다

보고 싶다

너와 나의 젊은 날

너는 나의 빛이었고

너는 나의 주인이었다.

푸른 신호등

훗날 위선을 걸친 치장들이
뇌리면서 지배하고 지배해온
생각이 널판지 조각처럼 따라 다닌다
저 끝에서 끝으로
아무 것도 변한 게 없다

굳이 변한 게 있다면
수많은 사람 사이를 비집고 가는 일이다
오늘도 나는 잃어버린 친구의 웃음이
메이고
이 세상 어둠에 메이고
조각난 파편 그 위로 멈춤
허공을 타는 사람
붉은 장미가 떨어진다
나는 순간 눈을 감는다
침묵이 흐른다 그 후로 모든 것들이
그대로다.

나그네

하늘 아래

술 익는 곳 어딜 가나

고향이로소이다

만나는 사람마다

벗이요 인연인 것을

반쯤가린 달빛을

빈 몸을 싣고

바람으로 구름으로

떠나갈진데

하루 하루 기워가는

지친 육체가

허연 등위에 걸쳐 있구료.

바람의 소리

무념의 레일위를 계절없이 달리는
도심속에 돌밭에서 이어갔을 거친 외벽
무리를 지으며 오래 버텨온 닫힌 창을
부수었다
더 무색할 수 없이 긁어버린 바닥을 두드리며
삶과 부딪치는 소음들
꽉 막힌 출구를 사이에 두고 뻑뻑해져오는 세상과
맞물려 드나드는 멀미
서서히 차오르는 밤안개가 빌딩을 감고
도망쳐나온 조명불빛들이 아스팔트위를 덧 씌우고
있다.

그에 대한 기억

그를 못본 지가 오래다
꽃대궁이 기울어져 땅바닥에 누워 버렸다
이번에는 아무래도 오랫동안 그를 못볼 것 같다
땅위에 떨어진 침이 마른다
멀리 달아났던 삽살개가 배가 불러 들어왔다
나는 늘 부재중인 나를 기다리고 기다린다
가끔 시간이 멈추기도 하고 거꾸로 돌아가는 것
같기도 하다
나는 왜 그에게 그는 왜 나에게 늘 어긋나기만
세월을 쥐며 살아왔을까
술잔은 비운 배를 채운다
비운 잔에 다시 채운 술잔위로 별이 떠오른다
그 순간
불규칙한 언어들이 떨어진다.

3부

오래된 발자국

오래된 발자국

어둠이 길을 벗어난다

가파른 언덕 저편에서 서성인다

벌써 아버지의 모습은 어디에도 보이지 않는다

숙면을 취하지 못한 입자들이 기침을 한다

오래 전의 검은 기억이 기어들어가고 있다

차가운 공기가 뺨을 훑고 지나간다

이마을 어느 곳에 누가 살고있는지 아이가 몇인지

태어나서 한 번도 떠난적 없던 길을 아버진 떠나셨
다

천천히 번져오는 연기가 마을입구를 덮어온다

밤새끓던 악몽이 뼈속으로 들어온다

눈물로 뒤척이신 어머니의 등을 바라본다

허물어진 어깨에 별이 떨어져 내린다

다시 기둥없는 기둥을 세우며 살아가실 어머니의

세월은 그렇게 흘러가고 있었다.

어머니의 그림자

모두가 잠든 밤
길고 먼 하늘로 간다
두메위에 앉으면
거친 손등을 더듬거리던 거기에
목련꽃처럼 서 계신 어머니

두 눈으로 다시 볼 수 있는
간절해지는 마음
왼종일 그 품을 떠나지 못하고
그 스스로 긴 세월 팍팍하게 담아온
나는 눈을 감는다

이제 와서 어쩌랴
쓰린 빈 밤들
오래도록 훑고가 먼 길을 거쳐
허망하게 떠나셨을 어머니

세포 하나 하나가 하늘로 올라간다.

소중한 사람

내가 너를 생각할 때마다
너는 한 그루 나무가 되어
서 있던 그 시절이 단 한 번만이라도
다시 올 수는 없을까

서랍속에 넣어둔 사진첩을
꺼낼 때마다 웃어보이던 너

어느 날 내게
눈물 나도록 아프게 한 거 그거 아니
그 시간을 메우는 데는 많은 시간이
흘렀단다

가끔 생각이 날 때면
가슴 뻐근했던 어제의 시간을 담아 보기도
하지만

그래도 네가 곁에 있다는 생각을 하니

모든 것이 작은 섬으로 떠 다닌단다.

산을 이은 아버지

늘 바라보는 산이 있었다

등휜 도랑에 떠오른 달

잃어버린 흔적을 옮기며

어슬렁거리는 그림자 사이로

갈증을 벗어 던진다

하루종일 꽂아둔 삽자루에 고인 하루가

기워질 무렵

삭정이처럼 가벼운 산 하나가 보이고

깊게 패인 낮은 적막이 흐른다

한섬 한섬 소중한 것 다 내어주고

하얗게 기울어져가는 빈 집에

매달리고 있는 헐렁함이 꾹꾹 찔러

턱까지 차오른다

한 평생 속으며 사는 것이 삶이

아니더냐 하시던 산 하나를 잃고

기인 도랑에 고인 산이고 달이기도 한

나의 아버지

누나의 열병

누나의
남아있던 모습 그 후로는
한동안 아무도 입을 열지 않았습니다

이따금씩 바람부는 긴 밤이면
곱게 접은 낡은 수첩을 꺼내
그날의 흔적을 밤 하늘에 수놓곤 했습니다

그러나
그 밤이 새고 나면
별이 지듯 져가는 누나의 미소는 볼 수 없고
홀로 있는 시간이면 세상에서 제일 높은
계단을 세고 있었을 것입니다.

누나는 모든 것을 알기에
더욱더 살아가기가 힘들었다는 것을
세월이 많이 흐른 뒤에야 알게되었습니다.

수난의 흔적들

비봉산 산 중턱에
몸살하는 녹음들
한참을 바라보니
노스님의 목탁소리
일몰로 채우나니

모든 경전 두루 입힌
참선의 맥박소리
한줌의 흙으로 돌아갔을
이름없는 바람과 같이
잊혀져 가나니

수 없이 떠 있는 이승의
운명이 존재하는 동안
이방인들의 내몰린 흔적들
차면 기우듯이 시작과 끝은

구름과 태양에 걸치나니.

바람부는 날

화장을 하는 것은

늘 어딘가를 바라보게 되는 일이다

무수한 시침속을 걷기도 하고

문득 들여다볼 수 있는 날들을

달래주는 일

헐렁한 틈들이 몸을 비집고 또 다시

바람에 휘감기는 지옥이거나 천당일 게다.

슬픈 문명

붙잡아 두었던 억울한 생각들은
날이 밝으면 떠날 것이다
또 떠나지 못한 것도 있을 것이다
모든 것을 끌고다니기에 빈 창자들은
인내심없는 노예가 되고 그 속에 숨어있던
당돌한 놈들이 들락거릴 것이다

삶은 다시
가물거렸던 머릿속을 훔쳐내고 갉아먹고
새로운 양철문을 두드릴 것이다
문명 이전에 갇힌 헛것들의 짓눌려
우울해지는 질긴 껍질들을 벗지 못한 채
세월 밖의 삶은 덧니처럼 솟아날 것이다.

공사장

휘어진 못 널빤지 조각위에
바짝 마른 햇살이 타들어간다
낡은 연장 부딪치는 소리
등굽은 노장의 몸놀림은 골 깊은
주름만큼이나 횡하다

빈곳 하나없이 뒤덮어버린
거친 땅위에 한 여자가
주섬주섬 꺼내놓은 진한 탁주잔이
오가고
자조섞인 노랫가락이 흘러나온다

아니면 진짜 외로운 사람이거나
지금 보이는 저 모습에서
사는 일처럼 힘든 것이 또 있으랴던
어느 사람의 말처럼 허물어진 몸뚱아리를

기울이면서

한 발짝 더 세상속으로 걸어 들어가고 있다.

우리 안의 것들

먹다만 껍질에

벌레들이 입천장에서

신경전을 벌이고 있다

사냥에 나선 무의식을 긁어내는

위대한 하루가

길바닥에 구석 구석 무법자로

우뚝 서 있고

밤을 덮고 난 후

동침은 계속되고 아픈 생의 몰골로

밀리고 밀린 욕정의 몸을 틀어댄다

저 유혹속에서 속으로 유독

뜨겁게 갇힌 자만이 기억하고

있을 뿐

애초의 그 나머지 공간을 갓 잇댄

분주함들이었다는 것을

취하지 않고 취한 듯 탐하는 불꽃들이

몸과 몸 사이로 뱀처럼 스멀거린다.

낡은 후회

그렇게 모른 척 파진 찌꺼지들이 가위에 눌려

허우적 거린다

탄피처럼 박혀있는 몸 구석마다 소멸해져가는

것을 나는 모른다 모르는 척한다

오래된 나를 짚고 그 발등에 떨어져내리는 선혈이

내몸에서 곪아가고 있다

반쪽을 살아가는 것조차 낡은 메마름을 감싸지 못

하고

머무는 동안 허전하게 오르내리는 모든 날들이

또 가고 오는데.

외로운 기억속에

녹슨 육신들이 웅크리고 있다
살아야 한다는 흐름처럼
시간만 파먹고 살았다

또 다시 밋밋한 그런 날
깡마른 헛됨을 알았기에
다른 것을 볼 수 있었다

그저 부은 어떤 것에 이끌린
내가 작아져가는 세상에
습관처럼 짐스럽게 업혀가고 있다

나이를 먹어가며
얇아져가는 것들에 대한
묵은 마음을 닦아낸다.

홍시

동이 틀 무렵
아침을 여시는 어머니
우물에 걸린 달을 이마위로
걸러내시는 길목에
어머니 냄새가 납니다

싸리문을 밀치고
어둠을 쓰시는 어머니는
우리들을 깨우십니다

밤새 새집을 지었을 동생의
머리위로 해가 솟아 오르고
장독위에 엎어 놓은 홍시 한 개가
입안을 맴돕니다

서로 눈치를 살피던 마음은 어느새

제 자리로 돌아오고
이미 동생몫이 되어버린 홍시 한 개

그날 밤
어머니는 홍시 하나를 내 손에 쥐어
주셨습니다.

무엇이 남았는가

그가 없어도
그는 내가 없어도
살을 파는 공기일 게다

어느 하루
조각난 피접들 속에서 지니는
거부할 수 없는 전율일 게다

그에게는 언제나
끈끈한 생침들이 갈피마다 켜켜히
박혀져 있는 감각들을 짜내고
있을 게다

그렇게 지난 오늘
그가 없이도
그는 내가 없어도

가라앉는 기억들은 거품처럼 희미해져
갈 것이다.

잃어버린 시간

지독히 따라다니는 몸속에

종기하나 떼어내지 못한

아이러니한 본능

애꿎은 벙어리 연습만 해댄다

이심년쯤 파먹고 죽어 있는

구멍 뚫린 뼈속까지 그것 메우는 꿈속같이

빠졌던 낮잠처럼

다시 돌아갈 수 있다면

오래 버텨온 이념의 한 부분을

그저 무관하다 할 수 없는 일

어디서부터 버리고

어디서부터 채워

비틀거렸던 그 모든 것에 매료되었던

그 시간속.

아들이 사는 법

시를 쓰는 아들의 모습이
왠지 고단해 보인다
고 3학년의 수험생인 아들이 공부는
제쳐두고 시 공부를 한다
시 쓰는 엄마가 생각해도 이해하기
힘들다

그런 속내를 아는지 모르는지 아들의 눈은
젖어있다
지금 이 순간
수험생이라는 사실을 아들은 잊은 듯 하다
시 쓰는 엄마를 바라보며 마음 깊숙이 넣어두었던
세상을 그려보는 것은 아닐까 생각해 본다.

4부

수레바퀴 안의 벌레

해빙기

넝마처럼 둘러쳐진 어둠이 밀려와 언덕으로
올라가고 있다
이윽고 뚫렸던 구멍들이 하나 둘 막혀가고
취해서 건져올린 몇 놈의 빙어들이 주인 없는
좌판을 두드리며 출구를 찾는다
살려는 욕망만으로 헐떡이는 빛 없는 적막을
찢어지도록 원망했으리
하늘에 걸린 먹구름이 폭설이라도 내릴 듯
사납게 덮쳐오고 물가를 맴도는 둔탁한 소음들이
갈라지면서 하나 둘 빠져나간 자리에는 구겨진
흔적들만 쭈그리고 앉아있다.

하루살이의 비애

머릿속을 파먹는 늙은

열차소리

짐 나르는 수레바퀴에 삐져나온

먹다만 오물들이 개의 밥이 되어 꿈틀거린다

하루의 소용돌이가 돌고 도는 틀니처럼

부서지고 터지고 부릅뜬 실체로 사방이

하루살이다

사람과 사람들 사이를 밀치고

목젖을 빨아대는 가문 마찰음이 어름처럼

꽂힌 벽과 벽사이

구멍 숭숭 뚫린 개찰구 한켠엔 새우잠을 자는

노숙자들의 허물어진 몸을 갉아먹고

이제 흑백 허상들만 어디론가 가고 오고

게워버린 축축함들이 바닥을 기어다닐 것이다.

반딧불

멈춤과 흐름으로
골고루 갖추고 살기에는
난 늘 그늘속에 있었다
하늘을 움켜쥐듯
짜 맞추던 무딘 맨 몸
아득히 흘러가 버렸다

길의 모서리 끝에서
금간 주변을 견디며
속이 다빈
싸늘한 폐부에
선을 따라 움직이는
미약한 고열들로 들뜬다.

수레바퀴 안의 벌레

긴 부음을

이리 저리 베어 물고

문 없는 문을 열고

갈라진 침목만 지루하게 가고 있다

이전의 감긴 오래 전의 안개가

무리지어 몰려오고 몰려가고

외벽에 번져오는 영상은 소리없는 무덤의

비애다

출구를 찾지 못해

허둥대는 육신의 더듬이가 순간 곧

닫힐 문이 슬어있는 녹을 밀어내고

그러다가 힘겹게 잡은 문고리에 설설

끓는 몸을 기댄 채 어디에도 남아있지

않을 흔적을 반쯤 눕힌 내속에 나를 꺼내

그토록 잊고산 가장 깊은 곳에 구겨져 있을

이전의 나로.

커피 한 잔의 마음으로

다른 날과 똑같이

녹아내리는 커피를

남김없이 마신다

온기의 무게만큼이나

오래 바라보는 것만으로

짧고 긴 만남들이

목덜미를 타고 넘어오는 사이

잠은 오지 않고

부를 수 없는 친구가 생각나

책갈피마다 들뜬 열기가

내 몸을 익히고

거리로 내몰린 표정들이

뿌옇게 흐려져 빈 찻잔을

재촉한다.

나만의 골목길

묵은 길을 걷기 위해
보이지 않는 아집
누군가 살고 있을 빌딩 아래
다시 일어서는 무신경이 치통처럼
저려온다

꽉짜인 그 무엇에
구멍을 내고 하얗게 들이민 앙금까지
끼고 살았던 이면
어쩌면 내가 안고 산 그 길을 돌아나와
뿌리를 내리며 몇 십 년이 지나갔지

천연덕스러울 만큼 우쭐대던
검은 그림자를 오래도록 지우지 못하고
수시로 회색공간속에 맴돌다
문득 나를 멈추게 한 나는

무엇을 보았을까.

내 안의 봄은

그 곳에 그 곳에는
크고 작은 이야기가 있다
그곳을 다가가면
어머니가 그랬듯이 나도 어머니가
되어 있다

이렇듯 허물을 벗은 갈라진
입술처럼
멍든 생각을 벗어나려는
기억속에서
언뜻언뜻 안기다
사라질 뿐

그곳에는 가난을 꿰매시는 어머니가
계셨고
그 가난을 짚고 걸어가는

내가 있고

그 속에 나를 닮아가는 세월이

있었다.

강산에 살고 지고

목이 마르면
밤마다 짜낸 들국화 술잔에
세상을 퍼 담고
심연을 에워싼 높 낮음들이
저 홀로 피었다 져가는 청순함
그대로구료

산 하나를 안은 채
정교히 빚어낸 기라성이
따로 없고
바람에 노니는 장대 놀음에
취하노니

하늘을 가렸던 오후 안개가
심장 깊숙이 파고드는
강산에

시 한 수 읊조리는 나그네의 허기는
잘 달여진 장맛같고
어디론가 떠도는 바람과 구름은 한
몸으로 살지언정
그림처럼 펼쳐진 풍경을 베고
누우니
신선이 따로 없구료.

술의 위력

뜨거운 불덩이가
내 몸속에서 꾸불꾸불
용솟음 친다
술이란 놈일게다
비어있는 뱃속에 술을 부었으니
놈이 대장이 되는가보다

처음부터 무리였다
끼니를 거르고 술로 뱃속을 채웠으니
술이 하자는대로 했을 것이다
요즘 흔한 말로 간이 배 밖으로 나왔다고
해야 옳을지
이 자유로운 시간의 유영을 누린다는 것
간이 배 밖으로 나오지 않고서야 어디서
그런 용기가 나올까

처음엔 사람이 술을 먹다가
나중엔 술이 사람을 먹으니
결국 몸은 무리가 따르고
천국과 지옥을 몇 바퀴 돌고서야
제자리로 돌아온다.

쥐 구멍

몸을 조여오고 있다

기억을 파낼 때마다

입 속에 말들이 튀어 나온다

위장에 섞인 노폐물이 남김없이

구멍으로 빠져나온다

묵은 빛깔이 삐걱거리고

살끝이 탄다

날이 가면서 생각이 보이고

그 생각이 고일 때마다

사나흘 어둠뿐이다

주위에 긴장감이 돈다

현실에서의 흐르는 꿈일 게다

습관처럼 따라다니는 보지못한 넋들이

웅크리고 있다.

물의 나라

물위에서는
물 밖의 그림자를 응시한다
해를 쪼아문 새는 없고
본적없는 물결하나 꿈틀대는
머릿속이 무겁다

신음하는 거다
간혹 흘리고 지나가는
검은 내장들은 물의 이전에
숨을 핥으며
더욱더 깊어가는 소리를 듣는다

다시 물위로 걷는 새는
배고픈 소리를 지르고
섬처럼 등 휜 미세한 바람이
어둠을 부르고 새벽을 부른다.

까치밥

하늘에 걸린 까치밥이 흔들릴 때면
밥짓던 누이 얼굴이 붉게 물든다

온몸에 겹쳐진 빛 또는 어둠위로
곱게 번져오는 누이의 미소

하늘에 올라간 지옥과 천당은 비상계단을
오르락 내리락 단내가 나고

그렇게 까치밥이 열릴 때면
누이의 꿈은 위태롭게 흔들린다

그래서 달이 뜨는 밤이면
무의식적으로 그림자를 껴안고
온몸을 끌어내는 토악질들이 더러는 그
시간을 기다렸는지 모른다

그런 내세를 녹아내며 사는 동안
은근히 스며드는 뼈사이로 숨어든 한기는
누이의 기억을 남기고

어느날
그 까치집에 까치밥은 없고 까치
새끼들이 둥지를 틀었다.

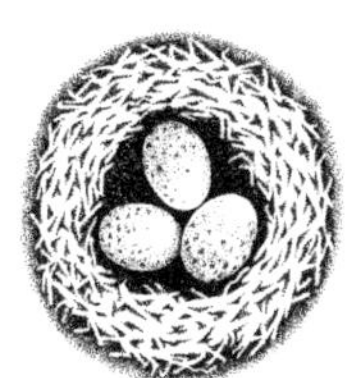

파열음

끝나는 지점에 이르면
허기를 더듬는 벌레들이 배꼽위로
기어오른다

죽음을 피해온 순간에도 눈물은
나오지 않고
서걱대는 온 몸은 누워 입 벌리고 있다

머리맡에 쳐박혀 어딘가를 올려다본
눈동자는 입구를 벗어나지 못한 채
천천히 상처 받고 있다

만월이 뜰 때쯤
살갗을 헤집는 바람이 그렁대고
죽은 것도 아닌 일상들이 태엽처럼 감긴다

거죽뿐인 욕망의 소리는 헛것처럼 들려오고
생을 흔드는 한낮의 몸살들이 참으로
오래도록 비틀거렸다.

얼음위에 사람들

미끼에 걸린 놈들이
이승의 일상을 잊은 듯
해탈을 넘나든다
또 다른 세계를 모르는 놈들의
초점 잃은 허구에 서로를 뭉개고 있다
속살까지 후벼판 살점은
서릿 바람을 훑고
눈이라도 내리는 날에는
보이지 않는 움직임들이
시린 하늘을 올려다 본다
오늘 놈들의 동심은 이미 깨지고
누군가의 뱃속을 데워올 옅은
현기증을 일으키며 시야를 흔들어
본다.

새의 나라

나무위에 동여맨 새집에 새는 없고
마음만 매달려 있다
옹이진 새살이 흉터를 매만지며 온갖 생각을
밤새도록 매단다
며칠 전 이사온 다람쥐 한쌍이 벌써 낯이 익었는지
분주하다

혹 눈이 내리는 날엔 동여맨 새집에 새는 보이지
않고
몇 섬에 마음만 고여 이따금씩 그 무엇을 처음보는 듯
상상을 한다.
나는 나무주위를 맴돌다가 새없는 새집을 오래도록
기다리고 있다

아마도 영원히 새는 오지 않고 새를 기다리게될
새의 마음으로 바라보며 살아갈 것이다.

5부
삶의 소리

성주봉의 가을은

타다 남은 산들은

혀끝을 핥다가

서로 몸을 섞는다

켜켜이 날선 하늘

마을로 내려간 바람은

사립문을 밀치고

첩첩 산중은 어이 누가

피고 지는가

달아래 묻은 천지간에 어둠은

헛기침을 내뱉고

모두가 젖은 밤

빈 잔을 돌던 이름없는 별들은

시가 되어 가는데

습관처럼 부어대는

내세의 갈증들이 덧니처럼

솟는다.

사월의 잔치
-안성 라이온스 축시

출렁대는 빛의 열기로
하늘은 온통 그림처럼 펼쳐진
꽃사태입니다

한입 가득 베어문 실타래들이
같은 세상의 느꼈을 축배의 잔을
들고

세차게 달아오른 드 넓은 곳에
새롭게 태어나는 호흡들로 소리치고
있습니다

참으로 알 수 없는 고도로 쌓이는
무수한 역사의 흔적들이 물결치듯
몰려오고 몰려가고

이 낯익은 일상을 에워싼 무허의
동경들이 서로에게 길이 되어 함께
가려 합니다.

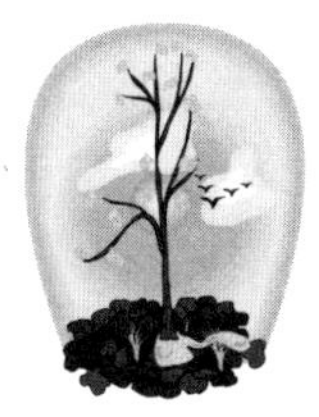

바람의 집
-충주 무심천 포장마차

서로가

머물다 떠난 자리

서로 다른 생각을 하게 되고

구름같은 마음은 허허롭구료

뜨겁게 달군

군침에 취해 노니노니

모두가 나에 것

모두에 것이 되는 것을

이마를 맞댄 강 사이에

설운 그리움은

쓴 술잔을 기운 채로

저 강이 되어 흐른들 어떠랴

창을 뚫고 달려드는 빛의 열기가

여기에 다 모인 것을

이렇게 기대앉아 너를 만나니

그 또한 바람인 것을.

숲속에 아이들
-숲속마을 어린이 집

아이야 너는 아느냐
밤 마다 한 뼘씩 커가는 꿈이
별이 되어가는 것을

아이야 너는 아느냐
땅위에 희망이 숲으로 모일 때
모든 세상이 눈을 뜬다는 것을

아이야 한걸음 다가가
모두에게 그늘이 되어주고
사랑이 되어주고

살아가는 만큼
모든 것에 감사하는
따뜻한 마음을 간직하고

성을 내고 싶을 땐

아름다운 언어들을 모아

함께 나누면 하나가 되는 거란다.

삶의 소리
-안성 신문 13주년 축시

이제야 소리가 들립니다

세월은 오고가고 또 오고갈 세월앞에

유행가처럼 번져오는

어머니 품처럼 편안한 마음으로

여기까지 달려왔습니다

가난했던 옛 선조들의 길을 따라

시대를 넘어온 오늘

딴은 부끄럼없이 흙을 갈고 바람을

덮어왔습니다

다 헤이지 못할 고통의 술잔을 들었다

놓았을지언정

가슴 뜨거운 날도 많았기에

이렇게 긴 여정을 같이 걸어올 수

있었습니다

아침해가 뜨면 저녁이 오듯이

창틀에 끼여있는 찬란한 태양도

화안히 쏟아지는 별빛도 다 짝을 이루듯

어느새 십 삼 년을 걸어왔습니다.

아들에게 쓰는 편지
-의경

지상에 너로 하여금

순한 마음으로 바라보며

순간 순간 인색했던 웃음을

한번이라도 더 웃게해 준 아들아

고르지 못한 나날을 끓여가며

가장 소중한 순간 속에서 대견스럽고

가슴 뭉클하구나

네가 있어 새롭고

네가 있어 더 행복한 날들

오늘도 저무는 둥근 달속에

검게 그을린 너를 담고

세상에 어느 하나라도 소중하게

느껴지는구나

지금 이 순간

고여있는 시간을 가다듬으며 작은 기도

속에 너를 만난다.

포옹
-윤동주 시인의 애송시

선 하늘 사이로

말 없이 바라보는 빈 들판위에

아직 가시지 않은 응어리가

바람속에 꽂힙니다

그 먼시간 모든 날들앞에

젖줄처럼 이어온 당신

우주의 짐 벗어 놓고

영원히 별속에 별로 계십니다.

망초꽃
-윤동주 시인의 추모시

끝없는 용솟음

그것을 빨아당겨 폐부 깊숙이

젖어가는 바람이었던가

달빛아래 녹아드는 육신을 뒤척이며

알 수 없는 외로움

내일을 깁는 또다른 아침

그 방황속에

그 세월속에

망초꽃 피고 진다.

사월 초파일

오래도록

끝없이 피고 지고

익지못한 열매로 고여 나를

접는다

지나간 인연 다 두르고

바람에 걸린 연등처럼 비우는

것이리니

간간히 고인 물과 같이 지난날

모두 다 잊고

저절로 녹아 사리는 고뇌도

눈을 감으면 고요히 만나고

헤어지는 것을

어찌 산중에 마음 다 벗어주고

비우지 못한 무심함에 마른 몸만

태우는가.

상주의 아침은

해가 뜨고 지는 거리에

물이 끓고 산이 끓고 마음이

끓는구나

아무려면 어떠랴

살을 태워 고인 몸은

가을볕에 말리거늘

시대를 넘어온 분칠들이

등을 맞대고

오래 곰삭은 옛 이야기가

희끗희끗 스치누나

연에 매단 온갖 생각은 하늘로

치솟다가

어깨위로 내려앉은 홍안들이

온 마을에 피었거늘

머뭄없이 휘감기는 문설주를 지나

산을 내려오는 아침은 붉기만

하구나.

동학사 벚꽃길

허옇게 널린 꽃잎에
꾹꾹 찔러대는 빛이 슬그머니
기어든다

그 위에 끌어들인 운명을 흘리면서
품고 싶었던 들뜬 심사들이 목판처럼
파낼 때마다 단내가 난다

시심으로 걸어오는 향기를 사이에 두고
무수히 매단 시린 눈 밭
육신을 기워주는 체액들이 은막속을
걸어가고 있다

등에 얹힌 엷은 감정이 빠질 때마다
지금껏 살아온 모든 삶들이 얼마나
만나고 또 스쳐갔을까.

안성 우시장 사람들

어슴하게 깔린 새벽

그림자를 밟는 사람들

푸석거린 눈자위를 훑어내리며

겨우 잠을 밀어 올린다

국밥 끓는 소리

아주머니의 구수한 입담에

쓰린 속을 채운다

오일마다 북적대는 우시장에는

고단함도 잊은 채 눈빛이 오고

가고

무성하게 껌뻑이는 담배 연기는

새벽 하늘을 수놓는다

아궁이에 불을 지피고 있을 아내의

얼굴이 아른거리고

잠속에 빠져있을 아이들 모습에

가장은 추위를 잊은 지 오래다.

내 고향 미곡사의 사월은

싱그러운 감각들이

치렁 치렁 묻어나는

여섯 살 소녀처럼

마음이 설렌다

거리의 막사들은 손님맞을

준비에 분주하고

사람들은 저마다

입안에 탄성을 물고

행복해 한다

참선의 독경소리

산 아래 내려앉고

어릴적 서성이던

울커거림을 동동주 한잔에

달래고

반평생동안 나를 키워온

흔적들이 오래된 친구처럼

편안하다

그 후로 낯선 
길을 가다

2004년 9월 15일 초판인쇄
2004년 9월 20일 초판발행
지은이:유 재 남
펴낸이:이 혜 숙
펴낸곳:도서출판 신세림
　　　　100-015 서울특별시 중구 충무로5가 19-9 부성B/D 702호
등록일:1991. 12. 24
등록번호:제2-1298호
전화:02-2264-1972
팩스:02-2264-1973
E-mail:shinselim@chollian.net

정가 7,000원

ISBN 89-5800-025-2, 03810